Mein Untergang an der Schule Gottes

1

Artwork: **Modomu Akagawara**
Story: **Natsu Hyuuga**

Mein Untergang an der Schule Gottes

1

Inhalt

Das Japan der Neuzeit ...
... ist eine vollkommen gewöhnliche Welt.
Das Einzige ...
... was doch ein wenig außergewöhnlich ist ...

Kapitel 1
... ist, dass es in dieser Welt Göt-ter gibt.

Mein Untergang
an der Schule Gottes

Mein Untergang an der Schule Gottes

In der Einkaufsstraße der Schreinstadt
Was? Ein Kind wird vermisst? Der Enkel vom Fleischer?
Ja. Alle machen sich fürchterliche Sorgen.
Oh!
Nagi! Du bist noch hier?! Es wird bald dunkel!
Ab nach Hause mit dir!
Ja, ich geh gleich heim!

Ich will nur noch das hier aufhängen!
Ob sie ihren Eltern hilft?
Sie ist sehr fleißig, obwohl sie noch Mittelschülerin ist.
Ihre Eltern haben vermutlich zu viel zu tun.
きゅっ
Pinn
Geschafft!
GESUCHT
wird ein Gott für den Hibiya-Schrein
← Details finden Sie hier.
Ich bezweifle ja, dass jemand kommen wird.
So ausgestorben, wie es in dieser Einkaufsstraße hier ist ...
がらん…
Menschenleer
Ungh ...
ヒュウウウ…
Fwoooooah

Wer will schon in dieser Stadt in unserem Schrein als Himiko ...
... die Stellung des Gottes überneh-men?
»Himiko« bezeichnet eine Person, die göttliche Fähigkeiten besitzt.
Das ist die offizielle Bezeichnung in diesem Land.
Im Ausland ist vermutlich der Begriff »Medium« geläufiger.
Früher wurden Himiko als Monster angesehen und dement-sprechend behandelt.
Aber heutzu-tage ist man dank der Wissen-schaft klüger.
Nun stehen sie aufgrund ihrer wert-vollen Fähig-keiten unter dem Schutz des Landes.
Darüber hinaus ...

* Anspielung auf den gleichnamigen Shinto-Gott, der auch Gott des Windes und des Meeres sowie Bruder der Sonnengöttin Amaterasu und des Mondgottes Tsukuyomi no Mikoto ist.

Also wirklich. Takeru könnte doch einfach zu unserem neuen Gott werden.
Ich habe einen Zwillingsbruder.
Er ist älter als ich ...
... und der Nachfolger dieses Schreins ...
Außerdem ...
Takeru! Ich stell dir dein Essen vor die Tür.
... ist er ein totaler Einsiedler.

Aber das ist längst noch nicht alles.
Zzzp
もぞっ
Fwusssh
ほっ
Oooh!
Danke, liebstes Schwester-chen!
Schweb
ふよ
Schweb
ふよ
Wirklich nett von dir, dass du es mir immer im Gang …
… abste…

Takeru! Hast du schon wieder deine Fähigkeiten benutzt, um ein Stofftier zu kontrollieren, und dich in meiner Kleidung versteckt?!
Dabei hab ich dir doch gesagt, dass du das lassen sollst!
Bwuu
Au, au, au! Also, du tust mir zwar nicht weh, aber kannst du bitte trotzdem aufhören, an mir zu zerren?!
iiiin
Und noch was! Hör bitte auf, mir dauernd telepathische Botschaften zu schicken!
Richtig.
Verwende deine Fähigkeiten nicht für so einen Blödsinn!
Schweb
Schweb
'tschuldigung!
Mein Bruder Takeru ist ein Himiko.
Seine übernatürlichen Fähigkeiten sind aber eher schwach.
Er kann nur extrem kleine Dinge bewegen und …
Hier, ein Lappen!
Danke. Könntest du bitte den Kühlschrank anheben?
Willst du mich umbringen?!
… mir mittels Telepathie Gedanken übermitteln.
Jetzt pass mal auf …
Hey, hörst du mir überhaupt zu?!

Weißt du, dadurch, dass ich seit fünf Jahren nicht mehr rausgegangen bin, fällt mir das Reden eben nicht mehr so leicht.
Kannst du das verstehen?
In der Zukunft hätte ich gern einen Arbeitsplatz, an dem ich ganz gechillt arbeiten kann, ohne was sagen zu müssen.
Genau! Dieser Arbeitsplatz nennt sich »daheim«.
Ich mach doch nur Witze! ☆
Haaah
Takeru …
Hab keine Angst. Draußen ist es nicht gefährlich.
Geh doch wieder mal raus, ja?
Und ich verlange auch gar nichts Besonderes von dir, was deine Arbeit betrifft.
Oh, Nagi …
Okay?
Ich bin schon zufrieden, wenn du einfach ein Gott wirst.
Prüfung zum Gott
Sicher nicht! Das ist eine krass schwere staatliche Prüfung!
Ich komm ja nicht mal in eine Privatschule rein!
Sst
Okay. Dann unterschreib mir das bitte. Und ich will keine Widerworte hören!
Lebensvers
Du, Nagi … Ich kann es zwar nicht sehen, aber das ist eine Lebensversicherung, oder?! Das meinst du nicht ernst, oder?!

Du bist wirklich eine kaltherzige Schwester!
Schweb
Schweb
Hin und wieder könntest du auch mal nett zu mir sein!
Komm, wie wär's mit einem kleinen Wortspiel?
Ich fang an: »Apfel«!
Du musst mit »L« weitermachen.
Hm?
Nein! Sie versucht, die telepathische Verbindung zu unterbrechen!
Aber warum?! Hast du keine Lust auf ein Wortspiel?
Hey, ignorier mich nicht!
Murmel
Wenn jemand mit seinen Fähigkeiten nervt ...
... einfach vorstellen, wie man bei 'nem Elektrogerät den Stecker zieht.
Murmel
Wumm
Okay, wie wär's dann mit einem Assoziationsspiel?
Genau ...
... ja ...
Ich fang an!
Was fällt dir zu »Banane« ein?
Apfeeeeeel ...
Klinck

Phoff
ぽとっ…
Haaach …
Er sperrt sich ein, ist aber übertrieben gut gelaunt.
Eigentlich würde ich ihn am liebsten einfach aus seinem Zimmer zerren.
Aber es gibt einen Grund, warum er sich dort verschanzt.
Vor fünf Jahren …
… wurde Takeru mit unserer Oma …
… in einen Unfall verwickelt.

* Sie führte angeblich einen Sakraltanz auf, der die Sonnengöttin Amaterasu aus ihrer Höhle lockte, sodass die Welt wieder in Licht gehüllt wurde.

Ratter
がら…
Mama
Tut mir leid!
Ich habe diese Woche sehr viel zu tun, aber solltet ihr etwas benötigen, schreibt es bitte auf die Tafel.
Papa
Dasselbe hier. Ich muss Überstunden machen, darum komme ich erst spät nach Hause.
Papa und Mama sind diese Woche ...
... wieder sehr beschäftigt ...
Der Schrein ist auch nicht mehr das, was er einst war ...

Wäre ich doch nur auch eine Himiko …
Haaah …
Man kann eben nicht alles haben.
So, jetzt wird aber gelernt!
Das Ziel: Beamtin!

Tapp
Tapp
Tapp
Den Bus erwisch ich noch!
Ssswt
Hm?
Ist das nicht …
… der Herr vom Fleischer-laden?
Kroketten heute zum halben Preis!
Was er wohl hat?
So ein ernstes Gesicht hab ich bei ihm noch nie gesehen.

Kitsuya
Vielleicht ist tatsächlich ein böser Gott für sein Verschwinden verantwortlich?
Möglich. Himiko sind früher auch schon plötzlich verschwunden.
Wie es dem alten Fleischer wohl geht?
Unglaublich, dass sein Enkel verschwunden ist!
Dabei hatte er sich doch so gefreut, dass sein Enkel als Himiko auserwählt wurde.
Vermisst
Hoffentlich findet man den Jungen bald.
Er ist verschwunden?
Oh, Nagi!

Der Bus ist heute schon abgefahren.
Einkaufsstraße
Bus
Was?!
Es findet doch eine göttliche Feierlichkeit statt.
Angeblich soll ein hochrangiger Gott kommen.
Ähm ...
Sie sprechen vom Jubiläum zur Fertigstellung des neuen Rathauses ...
... oder?
Ja, genau.
Erstaunlich, dass er zugesagt hat.
Ihn als Gast zu bekommen war sicher noch schwieriger als bei einem bekannten Politiker.
Wenn schon so ein hochrangiger Gott kommt ...
... könnte er doch vielleicht den Jungen finden?
Ich weiß nicht ...
Wir wissen ja nicht einmal, ob er eine Fähigkeit besitzt, mit der er das Kind aufspüren kann.
Aber ...
... der alte Fleischer tut mir wirklich leid.
Haaah ...
In solchen Momenten ...

... wünschte ich mir, Uzume wäre bei uns.
Äh ...?!
T... Tut mir leid, Nagi!
Das war nur so dahergesagt ...
Ach ...
Kein Problem.
Aber hier auf den nächsten Bus zu warten hat auch keinen Sinn. So verspäte ich mich nur.
Wupp
Wupp
Tja, dann bleibt mir wohl nichts anderes übrig ...
Äh?
Du hast doch nicht vor zu laufen, oder, Nagi?
Swusssch
Ach was!
Ich schaff das schon!
Das ist selbst für dich zu weit.

Ich nehm einfach die Abkürzung durch den Wald, dann kann ich den Bus einholen!
Wenn ich jetzt loslaufe, schaff ich's vielleicht noch!
Heute wird nämlich der Preis für die »Meiste Anwesenheit in der 9. Klasse« vergeben!
Unfassbar ...
Wirklich willensstark, das Mädchen ...
»In solchen Momenten wünschte ich mir, Uzume wäre bei uns.«
Ein Kind, das vielleicht von einem ...
... bösen Gott entführt wurde ...
Wenn meine Oma noch da wäre ...
... wüsste sie eine Lösung für die Probleme.

Swupp
ぴ
Ah!
たっ
Stimmt! In diesem Wald ...
... gibt es ja auch einen Schrein.
Zu Omas Lebzeiten haben wir ih immer zusam men sauber gemacht.
Das hab ich ganz vergessen ...
Ein perfekter Ort für Versteck- spiele.
Könnte es sein ...
... dass sich der Junge hier verlaufen hat und ...

Zwosch
Wapp
Was war das?
Irgendwie ist die Atmosphäre im Wald jetzt eine andere …

Ugh ...
Urgh ...
...
War das gerade ...?
Rrssschl
Rrssschl
Rrssschl
Da bist du!

Hier.
Iss das.
Geht es dir gut?
Du bist der Enkelsohn des Fleischers, oder?
Ja ...
Ich hab beim Spielen ...
... plötzlich eine Stimme gehört ...
... und dann war ich auf einmal hier.
Es ist neblig geworden und dann konnte ich nicht mehr weg.
Du konntest nicht mehr weg?
»Vielleicht ist tatsächlich ein böser Gott für sein Verschwinden verantwortlich?«
»Möglich. Himiko sind früher auch schon plötzlich verschwunden.«

...
Dieses bedrückende Gefühl ...
... als ich den Ort betreten habe ...
Ich bin froh, dass ich dich gefunden habe!
Komm, ich nehm dich huckepack!
Hau ruck!
Jetzt wird alles gut.
Ich bring dich nach Hause.
Grapp
!
Hrgh!
Das ist etwas zu fest.
Du erwürgst mich noch!
... her.
Komm her!

Komm her!
Was ... ist das ...?
Mein Körper ...
... wird von irgend-etwas ...
Krrrt
... zurück-gezogen.

Agh!
Pflsssh
Die Stimme gehört nicht dem Jungen.
Komm her ...
Komm her ...
Irgendwas kontrolliert meinen Körper.
Nein ...
Stimmt es etwa wirklich ...?
Komm her.
Werde eins mit mir.

Nein!
Da ich mich täglich mit Takerus Telepathie rumschlagen muss, bin ich mir absolut sicher.
Kein böser Gott war für das Verschwinden verantwortlich!
Nein, das war das Werk eines Menschen!

Komm her …
Hrngh!
Ist diese Stimme etwa schuld daran, dass sich der Junge verlaufen hat?
Was will diese Stimme? Was hat sie vor?
Komm her.
Komm her.
Sei still! Was soll dieser gut gelaunte Unterton ?!
Nur …
… wegen dieser verdammten …
Komm her.
Klick

Halt die Klappe!
»Wenn jemand mit seinen Fähigkeiten nervt …
… einfach vorstellen, wie man bei 'nem Elektrogerät den Stecker zieht.«
Ich hab zwar keinen Plan, wer da spricht, aber ich lass nicht zu …
… dass du mit diesem billigen Schabernack den Bewohnern dieser Stadt Schaden zufügst!

KInck
ブチ

Pltsssch
Khoff
Pfwuah!
Hah!
Haah!
Hngh …
Hff
Hff
Gerade noch …

Wenn auch nur für einen kurzen Augenblick ...
... doch ich habe das aufgebrachte Gesicht eines Mannes gesehen.
Haah ...
Geschieht dir ...
... recht ...
Pltsssch
Tschirp
Tschirp
Zuck
!

* Anspielung auf den Gott des Mondes und Bruder von Amaterasu und Susano.

Rrssschl
Rrssschl
Hörst du mir überhaupt zu?!
Mist, verdammter! Was soll dieser Trip in den Wald?!
Du Vollidiot, du!
Wer bitte haut mitten in einer Einweihungsfeier einfach ab?!
Zur Feier des neuen Rathauses
Trp Trp
Bitte verzeihen Sie vielmals! Gott Tsukuyomi muss sich seiner täglichen Reinigung zuwenden …
Aaargh!
Ich sag's dir gleich, deine Launen verzeiht man dir nur, solange du mit deiner Visage und deinen übernatürlichen Fähigkeiten Geld reinbringst!
Merk dir das gefälligst!
Lins
Lins
Rrsschl
Rrsschl
Da entlang …?
Hey!
Weißt du eigentlich, wie teuer deine Robe war?
!
Äh …
Hey, ist das nicht …

... ein Mensch?
H...
Hier ist auch noch ein Junge! Er atmet!
Wie sieht es mit ihr aus?
Ist sie tot?
Nein.
Hff

Swosch

Es ist alles gut.
Sie lebt.
Ugh ...
Ngh ...
Wer ...
... ist da?

Bist du ...
... ein Gott?
Fwh
...
Sswt

* Ein Objekt, das Götter anzieht und beherbergt, um ihnen während religiöser Zeremonien einen physischen Raum zu geben.

Wer hat es geschafft ...
... diesen Fluch zu brechen?
Warst das etwa du?

Hatschiiiiii!
Hier, trink etwas.
Ich hab dir Reisbrei in die Mikrowelle gestellt, damit du ihn dir jederzeit warm machen kannst, wenn du Hunger bekommst.
Ungh …
…
Willst du wirklich nicht, dass ich bei dir bleibe?
Nein, mir geht es gut – wirklich!
Siehst du?
Und Takeru ist ja auch da.
Geh ruhig arbeiten.
Wenn du meinst …

Nach dem Vorfall ...
... hat man mich und den Jungen außerhalb des Waldes auf einer Bank gefunden.
Ich lasse die Tür etwas offen.
Ja, danke!
Zu unserem großen Glück waren wir unversehrt.
Aber da es so kalt war, hab ich mich natürlich erkältet. Und das bringt uns zu jetzt.
Tschu
Hatschiiiii
Ich bin in den Teich gestürzt.
Das heißt, mich muss irgendwer gerettet haben, oder?
Na ja, egal.
Der alte Herr vom Fleischerladen war unendlich dankbar.
Ich danke dir!
Ich bin dir wirklich dankbar, Nagi!
Wie es aussieht, bekomme ich jetzt ein Jahr lang gratis Kroketten und Frikadellen.
Danke!
Danke dir!
Das ist ziemlich nett und praktisch.

カタン…
Ratter
フワ
Fwnn
フワ…
Fwnn
Hm?
コトン…
Klank

Wow ...!
Reife Leistung ...
... dafür, dass deine Telekinese so mickrig ausgeprägt ist.
Du hast es sogar geschafft, das Essen aufzuwärmen.
Schweb
Das »mickrig« hättest du dir sparen können!
Danke ...
... Takeru.
Hmm ...
Ich bin froh, dass dir nichts passiert ist.
Du hättest mich ruhig retten kommen können.
Mit meiner mickrigen Telekinese hätte ich eh nichts ausrichten können!
Ha ha ha
Klink
カチャ
Aber was anderes ...

Jetzt scheint es kein Zurück mehr für dich zu geben.
Hä?
Wovon sprichst du? Die Erkältung bin ich in null Komma nichts wieder los.
Nein, von der red ich doch nicht!
Hier! Ich mein das!
Swusch
Kannagara-Schule
Ssswt
Was ist das?
Von der Privatschule Kannagara ...?!

Mitteilung über die erfolgreiche Aufnahme
Wir möchten Sie hiermit informieren, dass Sie das Aufnahmeverfahren der Kannagara-Schule für den Jahrgang X bestanden haben.
Eine Mitteilung, dass ich aufgenommen wurde?
Gratuliere zur Aufnahme …
… an der »Schule Gottes« …
… Nagi!

Waaaas ?!
Kanna-gara-Schule

Kapitel 2

Mein Untergang an der Schule Gottes

Die Privatschule Kannagara.
Der Schwerpunkt dieser Schule liegt auf der Ausbildung von Himiko im modernen Japan.
Die meisten Götter des Landes haben an dieser Schule ihren Abschluss gemacht.
Darum wird sie auch als »Schule Gottes« bezeichnet.
Selbstverständlich wird nur die absolute Elite in diese Schule aufgenommen …
… doch aus irgendeinem unerfindlichen Grund hat es eine total inkompetente Person hierhergeschafft.

Wer um Himmels Willen ist bitte diese Nagi?!
Gleich nach Schuleintritt als Niete abgeschrieben.
ざわ…
Murmel
Hier ...
Das bin ich.
ざわ…
Murmel

Mein Untergang an der Schule Gottes

* Norito = Shintoistisches Gebet, Waka = jap. Gedichtform, die u. a. die Stilrichtungen »Tanka« (Kurzgedicht) und »Chōka« (Langgedicht) beinhaltet.

Whapp
Monika Tanaka
Monika ...
Du sollst mich nicht bei meinem Vornamen ansprechen!
Takerus Hinweis
Tadah
In der Schulordnung der Schule Gottes ist geregelt, dass man sich mit dem Vornamen ansprechen soll! Der Grund ist, dass man seinen Nachnamen ablegt, wenn man ein Gott wird!
Bei dir handelt es sich um einen außerordentlichen Schulwechsel. Normalerweise lernt man das alles ab der Grundschule ...
... darum ist es verständlich, dass du vieles nicht weißt.
Andererseits leuchtet es durchaus ein ...
... dass die Schule mich, die Schulbeste, darum bittet, dir zur Seite zu stehen.
Hust Hust
Ich werde mich bemühen, dir eine gute Stütze zu sein, darum häng du dich auch ordentlich rein, ja?
M... Monika!

Außerdem kann ich mein Zeugnis so mit Extrapunkten aufbessern, je besser deine Leistung ist.
Schock
Und ich dachte, du machst das aus Nächstenliebe!
So viel dazu ...
Huit
Huit
Also gut, Tanaka!
Bitte beginne mit der Teleportation.
Bwoooooaah!
Shwnn
Shwnn
Shwnn
Shwnn
Gut, sehr gut.
Die Landung war äußerst präzise.
Vielen Dank.
Wow, so toll!

Beb
Hrrrggghn!
Beeeeb
100 kg
Osaka: 100 kg.
Möchtest du als Nächstes 200 kg versuchen?
Whooooa!
Was da wohl drin ist?
Kastanien.
Nein, eine Süß- kartoffel- paste!
Richtig!
Mhm
Hm!
Was? Willst du, dass ich mich tot- lache?
Das kannst du nicht sagen, das ist gegen die Regeln, ha ha!
Starr
...
Als Nächstes ...
Beherrschen die Telepathie?
... Hibiya, bitte.

Diese Unterrichtseinheit gerade nennt sich »Praxis«.
Hier trainieren wir aktiv unsere übernatürlichen Fähigkeiten ...
Wie sieht es aus, Hibiya?
Spürst du irgendetwas?
Vielleicht so etwas wie ein Gefühl, das tief in dir steckt und herausbrechen möchte?
Stellvertretender Klassenlehrer **Garan Inami**
Nein ...
Nichts.
Fwuuh
Das ist ein Problem ...
Normalerweise ...
... wird schon in der Kindheit mittels eines Tests festgestellt, ob man ein Himiko ist oder nicht.
... aber meine Fähigkeit konnte noch nicht identifiziert werden.

Ich allerdings stelle eine Ausnahme dar …
Denn obwohl ich einen Test gemacht habe, konnte man noch keine Fähigkeit bei mir entdecken.
Hast du dich wirklich dem Test unterzogen?
Und man konnte keine Fähigkeiten identifizieren?
Herr Inami …
… was wird aus mir werden?
Hmm …
Ich sag das wirklich nur ungern …
… aber auf der Kannagara-Schule zählt der Praxisunterricht mehr als der theoretische.
Null Punkte im Praxisunterricht bedeuten, dass du auf den **letzten Platz** in deinem Jahrgang rutschst.
Schock
Das bedeutet weiter …
… dass das Auswahlverfahren für die Prüfung zum Gott für dich verheerend verlaufen wird.
Schock
Zoonk
Und …
… ich wollte nicht mal auf diese Schule gehen!
Herr Lehrer!
Tut mir leid, ich muss weiter.
Lass den Kopf nicht hängen.
…
Fwuuuiiih

Haah ...
Vielleicht hilft ein Tanz ...
Shwnn
Hm?
Ist das nicht ...?
Tomp

Was wird das, Nagi?
Oh!
Monika!
Meine Oma hat mich das gelehrt. Das ist der Kagura-Tanz.
Ich dachte, er hilft mir, auf andere Gedanken zu kommen. Außerdem kann es nicht schaden, ihn wieder in meinen Alltag einzubauen.
Er ist auch super als Selbstverteidigung.
Aha ...
Na ja, da du keine Fähigkeit besitzt, musst du ja irgendwie die Zeit totschlagen, nicht?
Zznk
Stnng
Wie gemein!
Allerdings ...
... muss ich zugeben, dass es toll aussieht.
Das ist doch auch ein Talent.
Erröt

Bei der Jobsuche wird dir das allerdings nicht viel helfen.
Also, streng dich an!
Z-znk
Sei doch nicht so gemein!
Aber mal ehrlich …
… wie soll ich in dieser Schule bestehen?
Besucht den Unterricht der Grundschüler, um ihre Lernlücken zu schließen.
Was tut die Große bei uns in der Klasse?
Ist sie sitzen geblieben?
Ich und eine Göttin?
Na dann streng dich mal an, Niete.
Ngh …
Das …
… hatte ich …
… doch schon vor langer Zeit aufgegeben.

Laber
ザワ
Laber
ザワ
Ah …
Du bist also diese Nagi, von der alle sprechen.
Yeah!
Yay!
Klassenlehrer des 1. Jahrgangs Masayuki Sofue
J… Ja.
Mir wurde gesagt, hier soll heute überprüft werden, ob ich die Fähigkeit »Telekinese« beherrsche.
Ey, wenn das nicht unsere Niete ist.
Sagami!
Nenn mich gefälligst nicht Niete!
Machst du etwa auch beim Training für Telekinese mit?
Ach, was für 'ne blöde Frage.
Beim Test konntest du ja nicht mal ein winziges Reiskorn bewegen.
Sag, welche Fähigkeit beherrschst du eigentlich?
Um das heraus-zufinden …
… bin ich hier!
Grrr
Sagami …
… das war sehr un-höflich.

Nagi stellt eine ungewöhnliche Ausnahme dar.
Wenn wir ihren Zustand genauer untersuchen, offenbaren sich uns vielleicht neue Wege, Fähigkeiten zu identifizieren.
Sie dient uns als äußerst wertvolles Experi…
Ähm… Nun, wie auch immer, bitte setze dein Einzeltraining fort, Sagami.
Der spricht von mir, als wär ich irgend so ein Versuchskaninchen.
Also gut, heute arbeiten wir hiermit.
Dem Initiator.
Der Initiator.
Bei dieser Trainingsmethode wird die in die Kristallkugel eingespeiste fremde Energie genutzt …
… um in einem selbst Kräfte hervorzulocken, die die eigene Fähigkeit übersteigen.

Die Fähigkeit, die hervorgebracht werden kann ...
... variiert, je nachdem mit welcher Energie oder besser gesagt »göttlicher Energie«, die Kristallkugel versehen wurde.
In diesem Fall ist es die Energie für Telekinese.
Sollte auch nur ein kleiner Funken dieser Fähigkeit in dir stecken, wird die Kristallkugel reagieren.
...
Nrg!
...
Hrrrr-ghn!
Nichts?
Bitte verzeihen Sie.
Interessant.
Es gibt verschiedene Gründe, warum eine Fähigkeit nicht zum Vorschein kommt.

Erstens:
Man hat die Veranlagung, aber die Energie ist zu schwach.
In einem Videospiel würde das so aussehen:
Man besitzt zwar Mana, doch es ist zu wenig, um zaubern zu können.
Hrgh! Hrgh!
Swish
Swish
Zu wenig Mana
In unserem Fall steht die Magie für die **Fähigkeit** und das Mana für die **göttliche Energie.**
Präge dir das gut ein.
Interessanter Vergleich.
Ein weiterer Grund könnte sein …
… dass genug Energie vorhanden ist, aber man nicht weiß, wie man diese einsetzt.
Das ist das Gleiche, wie wenn man eine Unmenge an Mana besitzt, aber nie gelernt hat, wie man es in Magie umwandeln kann.
Anwendung von Magie
Einer dieser zwei Gründe trifft auf dich zu.
…
Aber warum …
Denn die Tatsache, dass du in diese Schule aufgenommen wurdest, bedeutet, dass du im Besitz von göttlicher Energie bist.
Lins
Zwwm

Grübel
... hat die Kristallkugel dann bei dir nicht angeschlagen? Wieso gab es keine Reaktion?
Die einzige logische Erklärung ist, dass die Energie in der Kugel nicht die passende war.
Grübel
Grübel
Das bedeutet also, dass du nicht die Fähigkeit »Telekinese« beherrschst.
Grübel
Aber wie ich gehört habe, wurden die anderen Fähigkeiten bereits alle ausgetestet.
Grübel
Könnte es sein, dass du mehrere beherrschst? Aber die größere Frage ist, warum gerade du so einen Sonderfall darstellst?
Grübel
Äh?!
Moment!
Ach, wie wirklich überaus faszinierend du doch bist.
Funkel
Können Sie bitte aufhören, mich wie ein Versuchskaninchen zu behandeln?!
Ding
Ding
Dong
Dong
Herr Sofue! Herr Sofue!
Bitte kommen Sie ins Lehrerzimmer.
Hm?
Tut mir leid, ich muss gehen.
Bitte übe allein weiter.
Äh?
Wie?
W... Warten Sie!
Fwapp
Ich borg mir die mal kurz aus.

Hey, Sagami!
Was zum ...?!
Du kannst sie ja sowieso nicht verwenden.
Dann wollen wir mal.
Zwwmm
Pttz
Pttz
Pttz
Wupp
Gwp
Mhm!

Wnn
Wnn
Wnn
Wnn
Whooooa!
300 kg! Das ist ein neuer Rekord, Sagami!
Na ja, mit dem Initiator ist das nicht schwer.
Also eins ist sicher, Energie hast du ...
... stimmt's, Bär?
Wer ist hier ein Bär?!

Meinst du nicht, dass er damit auch die 500 kg hochheben könnte?
Na ich weiß nicht.
Im Initiator steckt auch keine Energie mehr.
Hmm ...
Hey, ihr da drüben!
Helft mir mal, den Initiator wieder aufzuladen!
Murmel
Murmel
Wie? Was?
Äh?
Wir transferieren unsere Energie in den Initiator.
Wenn wir uns alle die Hände reichen, ist er in null Komma nichts wieder aufgeladen.
Wir laden ihn auf?
Das ist ja, als wären wir ein Ladegerät.

Hey!
Wir brauchen noch ein paar Leute!
Willst du nicht auch mitmachen, wo du schon hier bist?
Das ist gleich eine gute Übung, um den Fluss der eigenen Energie zu regulieren.
Aufladen mit der eigenen Energie?
Ich weiß zwar nicht, ob ich irgendeine Unterstützung sein kann …
… aber …
Okay.
Wenn ich schon mal hier bin …

Pttzzz
Huch ...
Habt ihr auch gerade diesen Stromschlag gespürt?
Guck Guck
キョロ キョロ
Zwnn
Zwnn
Zwnn
Zwnn

500 kg
Was ...?!
Zwnn
Zwnn
Sagami ?!
Zwnn
Zwnn
Zwnn

W...
Was ist das?!
Pttz
Pttz
Pttz
Grgh!
Mein ...
Mein Körper!

Wir ...
... holen den Lehrer!
Swosch
Passt auf!
Tomp
Uwah!
300 kg
Bamm
Bamm
300 kg
300 kg
Waah!
Uwah!

S... Sagami! Stopp es!
V... Versuch ich ja!
Aber ...
Er kann es nicht mehr kon-trollieren!
Fwapp
Was passiert hier?!
Und was ist das für ein Licht von der Kristall-kugel?
Könnte das am Kontroll-verlust schuld sein?!

Gwpp
Wenn wir dagegen was tun, dann ...
Hey!
W... Warte, Nagi!
Was denn ?!
Sag, kannst du mich bitte loslassen! Dann könnte ich mich besser bewegen!
Nein, kann ich nicht, auch wenn ich wollte.
Wie?
Und überhaupt!
Wieso kannst du dich eigentlich bewegen?!

Nagi!
Weich aus!

Zu spät ...
Jetzt erschlägt es mich gleich.

Wer ...
... ist das?
スッ
Fwsst
Badomp

Swt
Fwpp
Klrr
Badomp
Domp
Whoa!
Fwap
Die Hände ?!

Sie haben sich ...
... gelöst.
Ein ...
... Gott!
Ein ...
... Gott?

Diese Person ist also …
… ein Gott?
…
Du bist …
Schwank
Erschreck

Das ist doch …
»Hör mir gut zu, Nagi.
Wenn unerfahrene Himiko plötzlich …
… eine große Menge Kraft erhalten, werden sie zu einem Berserker.
Solltest du …
… jemals so etwas erleben …
… dann musst du …«

Vor-
sicht!
»...
dann
musst
du
...
...
dieser
Person
...
Bwamm
...
gegen
das Kinn
schlagen.«

Phoff
Das ist der Selbst-verteidi-gungs-tanz ...
... Kagura, den mich meine Oma gelehrt hat.
Staun
Was ...
... geht hier vor?
Was ...
... habt ihr hier aufge-führt?!

Äääääähm
...
Argh!
Habt ihr eine Ahnung, was hätte passieren können ...
... wenn Tsukuyomi no Mikoto nicht aufgetaucht wäre?!
Tsukuyomi no Mikoto?
Seid Ihr unverletzt, Meister Tsukuyomi?
Ihr solltet im Ruheraum etwas rasten.
Ihr da! Stellt euch in einer Reihe auf!

Murmel
ざわ
Murmel
ざわ
Seht nur!
Sie hat ihn mit einem Schlag k. o. gehauen!
Murmel
ざわ
Lebt er noch?
Murmel
ざわ
Wow!
Krass!
Der ist komplett wegge-treten.
Den hab ich komplett vergessen!
Wie bitte, was?!
Nagi, deine Fähigkeit ist doch noch gar nicht ausgebil-det, oder?
Was, echt ?!
Ähm, also …
Das war Not-wehr.
Du hast das aus eigener Kraft ge-schafft?
Krass, dass du den Bären einfach so umgehauen hast.
Los! Ein Foto! Ein Foto!
Mit anderen Worten …
… bist du also …
… eine Bären-töterin!

Ich ...
... bin doch keine Bären-töterin?!
Hey, Tsuku-yomi.
Was ist mit dir? Du bist so abwesend.
Das war das erste Mal ...
... dass ich von jemandem gerettet wurde.
Äh, hallo?
Kannst du mich bitte nicht ignorieren?
?

Sag, Bärentöterin.
Gibst du dir überhaupt Mühe, mein Zeugnis mit Extrapunkten aufzubessern?!
20. Reflexionsaufsatz
Es tut mir leid! Es tut mir leid! Es tut mir leid!
Es tut mir wirklich leid, also kannst du bitte aufhören, mich »Bärentöterin« zu nennen?
Hier stimmt das Schriftzeichen nicht.
Was? Ja, wirklich!
Du kannst froh sein, dass du mit einer Verwarnung davongekommen bist.
Sagami muss eine Woche in Askese leben.
Ich geh ins Bad.
Schreib das ordentlich, damit die Lehrer dich in Ruhe lassen.
J... Ja, okay ...
ぱたん
Patam

Klatter
Ist irgendwas Schlimmes passiert?
Ich hab's dir zwar durchgehen lassen, dass du mich in die Schule begleitest, aber bis ins Mädchenwohnheim geht zu weit!
Quetsch
Warte! Ich geb auf! Du erdrückst mich noch!
Ich hab nichts gesehen! Wirklich! Ich schwöre!
Schweb
Takeru.
Was ist das für eine Art, den Bruder zu behandeln, der sich bloß Sorgen um seine kleine Schwester macht?!
...

Takeru.
Weißt du ...
Ich habe heute einen Gott getroffen.
Würde ich ...
... auch zu einer Göttin werden ...
... dann ...
... würde unser Schrein ...
... wieder so werden wie früher.
Aufgrund der Abwesenheit eines Gottes im Hibiya-Schrein können wir gegenwärtig keine göttlichen Dienste anbieten. Wir entschuldigen uns vielmals wegen der Unannehmlichkeiten.

Vielleicht
...
...
sollte ich
mich richtig
ins Zeug legen
und anstreben,
eine Göttin zu
werden?!

Ja, warum nicht?
Aber ohne zu wissen, was deine Fähigkeit ist, wird das schwierig werden.
Ja, das ist ja mein Problem!
Ha ha ha ha ha!
Stimmt ...
Ich hab das Gefühl ...
... als hätte ich diese Person namens Tsukuyomi no Mikoto schon irgendwo mal gesehen.
Oder bilde ich mir das nur ein?

Wie Sie sehen können, ist anzunehmen ...
... dass die Kugel verrücktgespielt hat, weil zu viel Energie in sie geflossen ist.
Hmm ...
Das heißt also, dass die Energie von mehr als 100 Menschen in sie geflossen ist.
Nein. In der Tat ...
... waren es nur um die zehn Schüler.
Staun
Nur zehn?
Soll das etwa heißen ...
... dass jeder einzelne von ihnen die Energie von zehn Personen besaß?
Das, oder aber ...

* Die japanische Sonnengöttin und Urahnin der kaiserlichen Familie.

Kapitel 3

* Verschiedene Ausgaben des Werkes *Hyakunin Isshu*, einer Anthologie japanischer Waka-Gedichte von hundert Dichtern.

Mein Untergang an der Schule Gottes

Hä? Was willst du?
Warum soll ich gegen dich kämpfen?
Jetzt hör mir mal zu!
Nur weil du mich einmal ausgeknockt hast, heißt das nicht, dass du besser bist als ich!
Unter normalen Umständen hättest du mich nie umhauen können!
Wapp
Ich weiß ja nicht, was dein Problem ist, aber wenn du was von ihr willst, mach einen Termin aus!
Uwaah! Monika ?!
Droh Droh Droh Droh Droh
Dir ist doch wohl bewusst, dass ich weniger Extrapunkte bekomme, wenn Nagi irgendwelche Probleme bereitet!
Und nenn mich nicht Monika, du bäriger Muskelprotz!
D... Du bist so nah! Sooo nah!
Hundert Gedichte von hundert Dichtern leicht gemacht
Hngh!
Sagami ist wirklich leicht zu durchschauen, was?
Wenn er sich mit Monika unterhalten will, gäbe es doch noch andere Wege.
Oh, Taro.
Taro Matsuda
(erstmals im 2. Kapitel aufgetaucht.)

Warte mal. Das heißt, er hat mich nur angemacht, weil er mit Monika reden wollte?
Ja.
Wobei er bestimmt auch seinen Frust bei dir rauslassen wollte.
Hier, sieh dir das an.
?
※%○● #△×??!!
Bwamm
Was ...?!
Wer hat das gefilmt ?!
Da Meister Tsukuyomi im Hintergrund ist, wurde das ziemlich oft verbreitet.
Das war so cool!
Ja, krass, oder?
W...
Wer ...
Beb Beb

Wer war das ?!
Uwah!
Aaah !!
Die Bärentöterin ist wütend!
Whamm
Grrml Grrml
Grrml
Grrml
Nagi, konzentrier dich auf dein Essen!
Red nicht wie mein Vater mit mir!
Kümmert sich im Hause Hibiya ums Essen.
Ich werde auf alle Fälle die Person ausfindig machen, die dieses Video gemacht hat.
Ich werde aus Taro die Namen aller Anwesenden rauspressen.
G rr rr rr rr mm ml
Ach
Beruhig dich.

* Japanisches Kurzgedicht, aus dem sich später Haiku entwickelt hat.

Miruru Mima.
Sie hat in der neunten Klasse auf die Schule gewechselt.
In der Neunten?
Die meisten steigen schon in der Grundschule ein, oder?
Ah!
Ist sie etwa eine Ausnahme, wie ich?
Da bekomm ich gleich ein Gefühl von Verbundenheit.
Nein, es ist ganz anders bei ihr.
Unter uns gesagt ...
Ihre Eltern ...
... gehören der Übernatürlichen Glaubensgemeinschaft an.

Der Überna-türlichen Glaubensge-meinschaft?
Deren Anhänger glauben an die alten Götter.
Ich weiß nicht so genau, wie ich zu ihnen stehen soll ...
... aber in ihren Augen ist das wissenschaftliche Erforschen von übernatürlichen Fähigkeiten und das Verleihen des Status »Gott« als staatliche Qualifikation ...
... mit Ketzerei an den al-ten, echten Göttern gleichzu-setzen.
Miruru ist zwar eine Himiko ...
... aber ihre Eltern haben sie nicht regis-trieren lassen ...
... und sie von der Außenwelt isoliert zu Hause auf-gezogen.
Sie haben sie angeblich nicht mal auf die Schule geschickt.
Was?
Das heißt, Miruru ist jetzt ...

Ja.
Sie wurde von ihren Eltern getrennt und auf diese Schule geschickt.
Sie ist jetzt …
… in der »Obhut« der Schule.
…
Aber warum wird sie von allen gemieden?
In dieser Schule gibt es doch ein System, bei dem lernschwache Schüler wie ich jemanden wie dich zur Seite gestellt bekommen.
ぽつん…
Verlassen
Ach, weißt du …
Das hat …
… mit ihren …
… Fähigkeiten zu tun. Sie beherrscht …
… Telepathie und Psychometrie.
Niemand mag es, wenn die …
… eigenen Gedanken jederzeit gelesen werden können.
Wie? Ja, aber …!

Wenn ...
... man so einen Regulator trägt, sollte es doch gar keine Probleme geben!
Normalerweise ja.
Aber ihre Fähigkeiten sind sehr stark ...
... und haben sich noch nicht stabilisiert, seit sie den Regulator trägt.
Wie?
Die Einstellungen des Regulators für die übernatürlichen Kräfte variieren je nach Fähigkeit.
Sieh nur! Ich trag einen Regulator!
Vorsicht.
Rüttel
Rüttel
Für gewöhnlich wird der Regulator wöchentlich neu an die Fähigkeit angepasst, nachdem sie sich erstmals entfaltet hat.
Wenn man das drei Jahre lang regelmäßig durchführt, sollte sie sich stabilisiert haben.
Miruru ...
... hat also als Kind keinen Regulator bekommen ...

* Japanische Urgöttin, die der Legende nach mit ihrem Bruder und Mann Izanagi das japanische Festland schuf.

An Frau Nagi Hibiya
Der ist von deiner Familie, nicht wahr?
Ist es nicht altmodisch, heutzutage noch einen Brief zu schreiben?
Warum nicht eine SMS oder ein Anruf?
Mein Papa mag eben Briefe.
Das hat er von Oma.
Ach so ...
Verstehe.
Willkommen zu Hause, Miruru.
...
Verbeug
Ja, du ...
... solltest dich auch in deinem Zimmer ausruhen.
Ssslp

An Frau
Miruru Mima
Hm?
Hat sie …
… gerade den Brief für Miruru versteckt?
Haaah!
Bin ich entspannt.
Richtig ausspannen kann man eben nur in der Badewanne.
Knet
Knet
Zurück im Zimmer muss ich vermutlich wieder Monikas harten Unterreicht über mich ergehen lassen.
Diktat zu Hundert Gedichte von hundert Dichtern.
Hm?

Zrrrrr
Das ist doch das Zimmer der Leiterin ...
ひょこ
Lins
Es brennt noch Licht.
ガガガガ
Zrrrrrrr
Frau Reiri ?!
Zrrrrrrr
ガガガ
Was ...?!
Was tun Sie da?!
Fwapp
Das ...

An Frau Miruru Mima
... war ein Brief für eine Schülerin!
Ja. Das weiß ich.
Ja, aber warum ...
... schreddern Sie ihn dann?!
Die Schülerinnen hier sind in meiner Obhut. Es ist meine Pflicht, mich um sie zu kümmern.
Wenn man bedenkt, was Miruru durchgemacht hat ...
... möchte ich vermeiden, dass sie von außen kontaktiert wird.

Vielleicht …
… wartet Miruru sogar auf Briefe von ihnen.
Weißt du, das ist etwas kompliziert.
Haah …
Nagi …
Ich hab verstanden!
Wapp
Dann entschuldige ich mich, Frau Lehrerin.
!
Als Entschuldigung bringe ich den Müll raus.

Swossh
Gute Nacht!
Tamp
Tamp
Tamp
Perplex
Äh … Aber …
Und was meinst du … … Miruru?
Manno-mann …

Ich dachte, du bist ins Bad …
… aber dann kommst du damit zurück.
Willst du nicht aufhören?
Du solltest eigentlich lernen.
フゥ…
Seufz
ぽふん…っ
Phoff
Na ja, ich bin ja nicht deine Mutter.
Nur deine Mentorin.
Aber wehe, du schwänzt morgen den Unterricht!
Gute Nacht!
カサ…
Rschl

Ich hab nur den oberen Teil von den Schredder-schnipseln genommen …
… sie nach Papierart sortiert …
… und mich auf das kon-zentriert, was wie ein Brief aussah, aber …
Hmm …
Was treibst du denn da …
… Schwester-chen?
Takeru.
Schau nicht zu, sondern hilf mir.
Kann ich niiiicht.
Aber ich feuer dich gern an!
Schweb ふり
Schweb ふり
Haaach …

カチ
Tick
ガチ
Tack
カチ
Tick
カリ…ッ
Krck
ハッ
Knack
Du, Nagi.
Du machst das doch für die Empfängerin des Briefes, oder?
Was …
… wenn sie sagt, dass sie ihn gar nicht haben will?
ふるふる
Schweb
Schweb

Da ich mich selbst dazu entschieden habe, das zu tun ...
... würde ich es mit einem ... ... »Okay« hinnehmen.
Ah!
Bei Frau Reiri muss ich mich später auch noch entschuldigen.
Monika wird bestimmt sauer sein.
Haaah ...
Dann ist's ja gut.
Miruru!

Das hier …
… ist ein Brief für dich.
Ich hatte mir vorgenommen, ihr den Brief nicht zu übergeben …
… falls er etwas beinhaltet hätte, das sie verletzt hätte.
Aber soweit ich feststellen konnte …
… will ihre Familie nur wissen, wie es Miruru geht.
…

Tut mir leid …
… aber ich kann ihn nicht lesen.
Wie?
Stimmt, es ist wirklich schwer zu lesen.
Hat ihn irgendwie zusammengeflickt, aber nicht vollständig.
Das mein ich nicht.
Ich …
… kann keine Schriftzeichen lesen.
Ach so …
»Ihre Eltern haben sie nicht registrieren lassen und sie von der Außenwelt isoliert zu Hause aufgezogen.«
Meine Eltern haben mir nichts beigebracht.
Sie haben nicht mal bemerkt …
… dass ich keine Schriftzeichen lesen kann, obwohl sie mich zu Hause eingesperrt haben.

Wahr-scheinlich ...
... wollen sie, dass ich ihnen einen Brief schreibe.
An Frau Miruru Mima
Sie dürften mich nämlich ...
... eigentlich gar nicht kontak-tieren.
...
Ich ...
... hab mich in etwas eingemischt, was mich gar nichts angeht.
Es tut mir leid ...
Ja ...
... das stimmt.

Aller- dings …
… emp- fange ich …
… heute nichts Negatives von diesem Brief.
Fwst
Es haften Gedanken an ihm.
Wie?
Was haftet an ihm?
Gedanken?
Ich bin so ein Idiot!
Das war die totale Zeit- verschwen- dung!
Ich hätte besser schla- fen sollen!
Ich hab total die Augenringe deshalb.
Ugh!
Stng
Ich …?!
Äh?!

Aber ...
Es tut mir wirklich leid.
... ich bin dir dankbar.
Bewunderung
Kuller
わな
Kuller
わな
Dürfte ...
... ich dich vielleicht umarmen ?!
...

Wenn ...
... ich jemanden berühre, kann ich in das Herz dieser Person sehen ...
Tadam
Das ist okay!
Wegen bestimmter Umstände bin ich so was in der Art gewöhnt.
Er ist hauptsächlich dafür verantwortlich.
Außerdem empfinde ich für dich gerade nichts anderes als Bewunderung.
Darum ist es kein Problem.
...
Ich versteh's zwar nicht, aber von mir aus ...
Sswt
Whapp

Deine Haare sind sooo weich!
Nagi ...
... ich glaube, ich hab dir gesagt, dass ich nicht deine Mut-ter bin.
Ja ...
... ich weiß.
Mit Bildern verstehen – Hundert Gedichte von hundert Dichtern
Du siehst auch viel zu kindlich für eine Mutter aus.

Dann bring sie endlich wieder dorthin, wo du sie herhast!
Was soll dieser Blick, als würde sie dir gehören?!
Seit wann bist du eigentlich so frech, Miruru?!
Festhalt
Komm schon, sie tut einem doch leid. Darf ich sie nicht behalten?!
Red nicht mit mir, als wären wir Freunde.
Miau, miau.
Dann niste dich gefälligst nicht einfach im Zimmer einer fremden Person ein!
Ich nehm mir was von der Schokolade!
Wie dreist kann man eigentlich sein?!
Fwapp
Hör auf zu grinsen und lern gefälligst!
Äh, ja! Tut mir leid!
Hmm …
Ich schreib weiter!
Kritzel
Kritzel

Frau Reiri.
Diese Neue …
… ist ziemlich aufdringlich.
Ah!
Du meinst Nagi?
Nick
Nick
Aber …
… es stört mich nicht.
Und …
… es ist ganz komisch!
Selbst wenn …
… sie mich umarmt, kann ich ihre Gedanken nicht lesen.
Knuff
Knuff
Als …
… wäre ihr Herz mit einem Schlüssel versperrt.

Aber es ist kein unangenehmes Gefühl.
Ein Schlüssel?
Hmm …
Das klingt ja ziemlich interessant.
Tota?
Ich dachte, du wolltest üben.
Haah
Üben …
Ha ha ha
Ich bereite den anderen doch nur Kummer, wenn ich noch stärker werde.
Wie heißt sie? Nagi?
Wäre doch toll, wenn sie die gleiche Fähigkeit wie ich besäße.
ピク…
Zuck

Wenn ich noch mehr Schüler wie dich habe, verlier ich noch die Nerven.
Zsssch
Nimm dir nicht einfach einen Kaffee!
Hm? Was?
Aber ich bin doch ein braver Junge.
Ha ha ha!
Welche Fähigkeit sie wohl beherrscht?
Ich freue mich darauf zu erfahren, was sich in ihrem Inneren verbirgt.

Kapitel 4
Hey, Tsukuyomi!
Wasch dein Gesicht und zieh dich um!
Es ist Essenszeit!
Lins
のそ…
カンカンカン!
Tonk
Tonk
Tonk

* Mit Bohnenmus gefüllter Hefekloß.

* Roter Stempel, den Besucher von Schreinen und Tempeln als Erinnerung erwerben können.

Mein Untergang an der Schule Gottes

Hi hi
hi. Die
neuen
Schüler
...
Vrrrrm
Niederflurbus
Non-Step
...
werden es
schon ganz
bald am ei-
genen Leibe
erfahren.
Tada-
tadaaah!
Hiermit
eröffne ich
die 69. Orien-
tierungsphase
für die neuen
Schüler!
69. Orientierungsphase
für die neuen Schüler

ぽか——Stille——ん・・・
Berg Hirei – Karte
Berggipfel
Schrein
Tschirp
チチチ・・・
Tschirp
Und ich hab mich schon gefragt, was das jetzt wird …
… als sie uns mit den Worten »Aktivität im Freien« in den Bus verfrachtet haben.
Frau Lehrerin!
Und was machen wir bei dieser Orientierungsphase?
Stamp! Rally
clear!
どん!
Stamp!
Eine Stempelrallye!
Pfha ha ha!
Eine Stempelrallye?!
Ist das ein Ausflug für Grundschüler, oder was?
Phoff

Stellt euch in einer Reihe auf, wir bilden Gruppen.
Sie fackelt noch den Berg ab.
Frau Reiris Flamme ...
... behalt ich besser im Blick.
Einen Moment mal.
Tadah
Was ist denn das für eine Teamzusammenstellung?!
Hey, du Anhängsel!
Du hast bestimmt deine Fähigkeiten benutzt, oder?
Bwoooin
みょ〜ん
Nein, das Los hat entschieden.
Stell dich nicht dumm!
Kurz nachdem Nagi ihr Los gezogen hat, warst du schon an der Box und hast nach dem richtigen Los gesucht!
Fähigkeiten sind hier tabu?
Unterstell mir nichts.
Sorry ...

Beruhig dich, Monika.
Was ist schon dabei, falls sie etwas nachgeholfen haben sollte.
Sei nicht so streng.
Ich will in ein anderes Team.
Sag nicht »Monika« zu mir!
Warum niiiiiicht?!
Wäre es nicht Sinn und Zweck, dass Schüler mit derselben Fähigkeit in unterschiedlichen Teams sind?
Du kannst doch auch Telekinese, oder, Taro?
Ja ...
Dieser Sagami ...
Hat er etwa das Los getauscht, damit er mit Monika in einem Team sein kann?
Tschirp
チラ…
Und ...
... der Letzte ist ...
Auf gute Zusammenarbeit ...
... Nagi.
Strahl

Mein Name ist Tota Edo.
Meine Fähigkeit ist der Röntgenblick.
Ich beobachte gern Mädchen aus der Ferne ...
... aber der Regulator unterbindet jegliches unsittliches Treiben ...
... darum kannst du unbesorgt sein.
Äh, tja, dann auf gute Zusammenarbeit.
Hey, schaut euch mal die Gruppe dort an.
Wenn das keine Gewinner sind!
Sagami, der einfach nur viel Energie hat ...
... Miruru, die ihre eigene Fähigkeit nicht kontrollieren kann ...
... und der faule Tota ist auch mit von der Partie.
Voll die Verlierertruppe! Ha ha!

Läster
Läster
Läster
Oh ja!
Die Neue, die erst in der Oberschule dazugekommen ist, ist auch dabei!
Die weiß nicht mal, was ihre Fähigkeit ist.
Die ist doch voll der Klotz am Bein!
Wie armselig.
Ich kann euch hören …
Hey, ihr da!
Könnt ihr euch nicht etwas leiser unterhalten?!
Uwaaaah!
Haach …
Ihr tut ja ziemlich überlegen.
Anstatt euch um unser Team Sorgen zu machen …
… solltet ihr euch lieber Gedanken über euch selbst machen.
Tsk
Ach …
Du hast es auch schwer, was, Monika?
Teleportieren ist ja auch voll die Loser-Fähigkeit.

Loser-Fähigkeit?
Du kannst dich doch nur maximal fünf Meter teleportieren, oder?
Echt mickrig.
Außerdem braucht es voll viel Energie. Ziemlich mieses Kosten-Nutzen-Verhältnis.
Ob es das Bewegen von Dingen oder das Fortbewegen über kurze Strecken ist ...
Für beides wäre es sinnvoller, ein Auto zu nehmen, anstatt zu teleportieren.
Deine Noten mögen ja gut sein, aber ...
Halt deine Fresse!
Krck
Krck
Uwah! Der Bär!
Swussh
Grrrrrrrr
Ponk
Verpisst euch ...
... solang ich mich noch beherrschen kann!
Okay, komm wieder runter.
Das nennst du »beherrschen«?

Ist ja gut, wir wollten ohnehin gerade unser Gepäck holen!
Angeblich bekommen wir Proviant.
Wir gehen!
Haah …
Na, die waren ja drauf …
Zu sagen, jemand ist bei der Stempelrallye ein Klotz am Bein, oder die Leistungen schlechtzumachen …
Ist das nicht etwas übertrieben?
Stimmt schon.
Und was meinten sie mit »Proviant« …?
Das nächste Team!
Toomp

Warum …
… ist der Rucksack so riesig?
Wasser ist zumindest drin.
Schock
Zwei …
Zwei Nächte und drei Tage?
Reiseführer
2-Nächte-und-3-Tage-Stempelrallye
Zitter ふる
Zitter ふる…
Ähm …
コホン
Khoff
Koch-geschirr, ein Zelt …
… Schlaf-säcke und Essen …
… sind irgend-wo auf dem Berg ver-steckt.
Mittels Teamarbeit, Durchhalte-vermögen …
… und dem gezielten Einsatz eu-rer Fähig-keiten …
… müsst ihr euch die Stempel von den fünf Checkpoints auf dem Berg Hirei holen.
Wenn ihr fertig seid, dürft ihr euch beim Cottage ausruhen.
Das grenzt doch an ein Survival-Game!
Survival-Game!
Survival-Game!
Survival-Game!

Ein paar Tage in der Wildnis …
Jetzt weiß ich auch, warum die älteren Schüler so gegrinst haben.
Ich hab das Gepäck einfach mit Telekinese leichter gemacht.
Ah, verstehe …
Die mussten da letztes Jahr wohl auch durch.
Ob die Lehrer an den Orten sind, wo wir die Stempel kriegen?
Wir könnten einfach sofort zur Erholungszone gehen.
Interessanter Gedanke.
Du bewegst dich nicht gern, was?
Swussh
Na, sieh einer an.
Wenn das nicht das Verliererteam ist!
Hoffentlich müsst ihr nicht aufgeben!
Mini-Vorsprung und gleich wieder lästern …
Hm?
Miruru, was hast du?

Auf diesem Baum ...
... gibt es Essen.
Was?!
Tadah!
Reis
Bei dem dort ist ein Schlafsack.
Und auf dem hier Gewürze.
Verstanden!
Du bist der Hammer, Miruru!
Hmm ...
Das Anhängsel ist nützlicher als gedacht ...

Meine Fähigkeit ist die Psychometrie.
Ich kann die Gedanken der Menschen lesen, die sie mit den Dingen auf dem Baum zurückgelassen haben.
Das ist kinderleicht.
Hmpf
Du bist der Wahnsinn, Miruru!
¿Was ?!
Mir hat keiner gesagt, dass die Fähigkeit so stark ist!
Bibber
Bibber
Damit kommen wir durch.
Unglaublich!
Es gäbe noch mehr.
Reis
Aber ...
... sie ist auch gar nicht mal so übel.
Faszinierend, wie sie sich von einem Baum zum nächsten hangelt.
Juhu! Du kannst runterkommen.
Nur noch ein bisschen!
Es ist gefährlich. Lass mich es doch machen.

Da drüben gibt es essbare Knospen!
Sie scheint ziemlich sportlich zu sein.
Dann wollen wir mal …
Bald sollten wir bei der ersten Station ankommen.
Du hast da ein Blatt.
Hm?
Laber
Laber
Da tummeln sich ganz schön viele Leute.
Willkommen, Jungen und Mädchen!

Wie ...?! Was geht hier vor sich?!
Herr Sofue ?!
Das ist Herrn Sofues Stärke!
Wenn nur ein kleiner Teil seines Körpers etwas berührt, kann er sein gesamtes Gewicht drauf stützen.
Er kann sogar an Wänden und Decken gehen.
Hier-hin.
Dort rauf.
Das heißt, er ist mit einem Sessel dort rauf?!
Kann er dafür nicht bestraft werden?

Liebe Jungen und Mädchen!
Den ersten Stempel könnt ihr irgendwo in diesem Areal finden.
?!
Laber
Was is'n das für eine Angabe?
Ist er im Tempel?
Oder zwischen den Bäumen?
Laber
Khe he he
Tja, wenn ihr ihn nicht bald findet, geht die Sonne unter.
Ach, und im Tempel ist es verboten zu schlafen. Ihr müsst alle im Freien auf dem Boden nächtigen!
Ha ha ha ha ha!
Ist das eine Verarsche, oder was?
Wir haben keinen Schlafsack gefunden!

Mist verdammter! Wo ist dieses verdammte Ding?!
Hrrrrrrgh
Die, die vorhin so fies zu uns waren.
So 'n Mist!
Wir sind gerannt wie die Wilden, um vor ihnen hier zu sein, aber jetzt finden wir den Stempel nicht.
Gibt's hier an der Stelle irgendwas?
Grapp
Ist er hier?!
Und, Taro?!
Nope.
Soll ich auch unter den kleinen Steinen nachsehen?
Ttttpp
Nein, da ist, glaub ich, nichts.
Starr
Huu-waaaa!

Wie sieht es im Tempel aus?
Irgendjemand scheint meine Fähigkeit zu blockieren ...
... darum kann ich nichts erkennen.
Wenn er wo zu finden ist ...
... dann vermutlich im Tempel.
Alles klar!
Dann geh ich mal nachsehen!
Zwnn
Wow, so ein tolles Teamwork!
Klatsch
Klatsch
Wie wär's, wenn du uns mit deinem Röntgenblick helfen würdest?!
Den könnten wir hier gut gebrauchen!
Es scheint, als würde meine Fähigkeit blockiert werden ...
Das Team dort ist total gut?!
Nick
Nick
Der gut aussehende Typ steht allerdings nur herum.
Ugh!
Urrgh!

Sie alle …
… sind wirklich unglaublich toll.
Verdammt! Ich hab keine Lust, gegen die zu verlieren!
Ihr wurde die Aufsicht über das Gepäck anvertraut.
Shwnn
Das sind also die Kräfte einer Himiko.
Nagi!
Ich hab mich mal umgehört.
Die Schüler, die vor uns gekommen sind, haben bereits fast alles abgesucht.
Ach so …
Ich …
Es tut mir leid, Monika.
Ich bin bei der Suche total nutzlos.
Was redest du denn da?

Es reicht doch, wenn jeder das macht, was er kann.
Du hast vorhin zum Beispiel die Bäume abgesucht.
Du hast hier noch etwas Schmutz kleben.
Außerdem müssen wir nicht die Ersten werden.
Pff!
Als wäre Teleportieren bei der Suche eine hilfreiche Fähigkeit!
Grrrrr
Lass es, Nagi.

Sag, Monika ...
Kannst du dich eigentlich ...
... bis zum Lehrer hinauf teleportieren?
?
Warum fragst du?
Na ja ...
Miruru meinte vorhin doch, dass ihre Fähigkeiten von etwas blockiert werden.
Nur eine Person ...
... mit stärkeren Kräften wäre zu so etwas imstande.

Könnte es nicht sein ...
... dass der Lehrer den Stempel bei sich trägt?
Ah, vergiss es ...
Das wäre echt fies.
Es ist sicher unmöglich, sich bis dorthin zu teleportieren. Und der Lehrer würde sich bestimmt nicht so was überlegen.
Gwapp
がしっ
わしゃ
Wusshl
わしゃ
Wusshl
わしゃわしゃ
Wusshl
Argh!

W... Was ... ... tust du?
Nagi!
Das ist es!
?
?
Perplex
Es ist wahr, dass ich maximal fünf Meter teleportieren kann.
Badumm
Das ist nicht gerade weit und damit erreiche ich das Dach auch nicht.
Aber sieh gut her ...
... Nagi!
Swossh

So sieht es aus ...
Shwnn
Shwnn
Shwnn
... wenn ich Ernst mache!
Shwnn

Sie ...
... hat sich mehrmals ...
... in den Himmel ...
Pfwoff
... teleportiert?!
Oooh ...

Shwnn
M... Monika!
Das war klasse! Du bist unglaublich!
Nicht übel, Monika.
Wie hast du dich dort oben halten können?
Hört auf, mich alle Monika zu nennen!
Und hast du den Stempel geholt?
Fwst
Tadam
96. Stem
Sofue
Klasse D, Team 5 ...
... hat den ersten Stempel!

Yaaaaaaay!
So ...
... kann man die Fähigkeit auch einsetzen ...?
Grins
Was guckt ihr denn so sieges-sicher?
Aber auf der anderen Seite ...
... habt ihr ja recht.
Khoff
Wenn wir was machen, dann auch richtig!
Egal, ob es sich um eine Orientierungsphase oder etwas anderes handelt!

Der erste Platz ...
... gehört uns!
Jaaaaaaaaaaa!
96
Sofue

Kapitel 5

Hff
Hff
Krrrie
グラッ…
?!
Pomm
Shwnn
Telekinetiker ?!
Ich kann nicht entkommen!
Wie haben sie mich gefunden ?!

Pfwoff
ほ°
Wir haben Sie!
Fwsssh
?!
Jetzt zeigen Sie sich schon.
Fwnn
Herr Lehrer.
Meine Blockade hätte doch perfekt sein sollen.
Rsshl
Auch wenn Sie sich unsichtbar machen ...

Mein Untergang an der Schule Gottes

Wir ...
... haben uns den dritten Stempel geholt!
Erholungszone auf dem Berg Hirei
Also echt ...
Ich hätte nicht gedacht, dass er sich unsichtbar machen kann.
Unglaublich, wie viele verschiedene Fähigkeiten es gibt.
Meine Fähigkeit war entscheidend.
Was?!
Wir zwei waren es, die den Baum gefällt haben!

So ...
... das heißt, es fehlen uns nur noch zwei.
Sollen wir gleich weiter-suchen?
Ich bin bereit!
Unmög-lich.
Sieh dich mal um.
へろへろーーーん
Erschöpft
Alles okay bei dir, Miruru?
Hier!
Ich hab was für euch alle!
Manju?
Ich hab sie vom Lehrer.
Die bekommen nur die ersten vier Teams, darum versteckt sie besser.
Achtet darauf, dass euch keiner beim Essen sieht.
Ah, ver-stehe.
Swt

Mampf
Mampf
Mampf
Mampf
Du isst es jetzt schon, Miruru?
Mampf
Mampf
Mampf
Mampf
Ihr auch?!
Patsch
Patsch
Am besten schlagen wir gleich hier unser Lager auf!
Bis zur Erholungszone ist es weit und bis wir dort sind, ist es vermutlich schon dunkel.
Kann man das Zelt nicht überall aufbauen?
Hier gibt es keinen Schutz, daher kann das Zelt leicht davongetragen werden.
Fwuuuih
Dann müssen wir es halt gut befestigen!
Phoff
Aber seht euch das mal an! Ich besitze mehrere Fähigkeiten!
Ich kann sogar Feuer machen! Fürs Lagerfeuer-anheizen ist das ziemlich praktisch!

Pust
Zsssh
Wirf mal einen Blick hierauf, Sagami.
Klopf Klopf
Nur an den dafür vorgesehenen Stellen Feuer machen!
Bitte kein Feuer andernorts.
»Nur an den dafür vorgesehenen Stellen Feuer machen!«
So steht es geschrieben.
Stng
Sag, bist du dir sicher, dass deine mickrige Flamme nicht eh ausgeht, wenn wir den Reis kochen wollen?
Stng
Und wo nimmst du das Feuerholz her?
Das gibt es nämlich nur bei der Erholungszone!
Stng
Zurr
Zurr
Na, irgendeine Idee, Feuermacher?
Äääh …
Tadam
Die neuen Zelte sind wirklich leicht aufzubauen.

にゅっ Flupp
Sag, wann macht ihr denn den Lagerfeuer-Volkstanz?
Rrrrtsch
Wieso hast du eigentlich Streichhölzer bei dir?!
Nicht! Bitte ver-wende mich nicht als Brennhilfe!
Was willst du deinem lieben, kuscheligen Bruder antun?!
Da ich den ganzen Tag mit fast leerem Ma-gen einen Berg bestiegen habe und mich jetzt um den Aufbau des Lagers kümmere ...
... dachte ich, ich könnte meinen Bruder als Brennholz verwenden, da er ohne-hin nichts Besseres zu tun hat, als faul daheim Social Games zu spielen.
Nein, bitte nicht!

Menno!
Ich hab zwar keine Ahnung, wie du es geschafft hast mitzukommen, aber bitte bleib versteckt.
Wenn mich wer alleine reden sieht, halten sie mich noch für eine Verrückte.
Was machst du da?
ばっ
Whapp
Es hat so gewirkt, als hättest du dich mit jemandem unterhalten.
Ähm ...
Ich hab telefoniert! Ja, telefoniert.
Mein Nichtsnutz von Bruder hat mich angerufen, weil ihm gerade langweilig war.
Ach so.

Bei welchem Handyanbieter bist du denn? Ich hab hier nämlich kein Netz.
Äh?!
Oh, jetzt hab ich auch keinen Empfang mehr!
Bis gerade eben ging es noch.
Ha ha
Du bist echt toll. Du hast das Zelt schon aufgebaut.
Die anderen Teams müssen das noch tun.
Klatter
カラ ラ…
Findest du?
Es war ziemlich einfach, es aufzubauen.
Huch …
Die anderen …
… sehen aber ziemlich fertig aus.
Ist es dir aufgefallen?

Sie sind alle hundemüde …
… weil sie zu oft ihre Fähigkeiten benutzt haben.
Äh …
Ach so …
Deshalb …
… haben sie also alle an Ort und Stelle das Manju gegessen.
Die Fähigkeiten verschlingen sehr viel Energie.
Innerhalb der Schule geht einem nicht so schnell die Puste aus, weil explizit auf die Energiezufuhr geachtet wird.
Aber hier muss man aufpassen, dass man seine Fähigkeiten gezielt einsetzt.

Du solltest auch was essen, bevor du zusammenbrichst.
Ach was ...
Tut mir leid.
Du musst ja gar nicht deine Energie auftanken.
Whupp
ぱっ
Also dann ...
... wollen wir uns ans Reiskochen machen?

Gwapp
ぽ
Wir zwei Nichtsnutze …
… sollten helfen, wo wir können.
Das stimmt nicht.
»Wir zwei Nichtsnutze« …
Tota hat bis jetzt …
… seine Fähigkeit einfach noch nicht eingesetzt.

Die Einzige, die wirklich ein Nichts-nutz ist ...
... bin ganz allein ich.
Nagi ...
Tut mir leid, dass wir dir das Zeltaufbauen und Kochen überlassen haben.

Du hast uns sogar eine Suppe mit Wildgemüse zubereitet.
Uwaah!
Das Gemüse hab ich am Weg gefunden.
Ach was ...
Die Natur steckt voller Reichtum!
Mnmnmn ...
Ich hatte Glück, dass Miruru Kräuter gefunden hat.
Die anderen Teams haben vor Dankbarkeit geweint.
Wollt ihr eine Suppe?
Dich haben die Götter geschickt!
Sie taten mir leid, weil sie weder Zelte, Schlafsäcke noch Essen hatten.
ころん…
Umdreh
Nagi ...
Hat Tota irgendwas zu dir gesagt?

W...
Warum?
Deine Aura hat sich verändert.
Ist dieser zwielichtige Typ schuld daran?
Zwielichtiger Typ?
Nagi.
Sollte Tota irgendeinen Unsinn reden, dann ignorier ihn einfach.
Er ist ein zwielichtiger Kerl, so wie Miruru gesagt hat.
Ist das nicht ein bisschen fies?
Immerhin hat er mir beim Feuerholzsuchen und Kochen geholfen.
Ja.
Bei solchen Dingen hilft er mit.
Aber er vermeidet es, seine Fähigkeit aktiv einzusetzen.
Warum?

Er ist in die Schule eingetreten ...
... aber will angeblich gar kein Gott werden.
Gäääähn
ぐがぁ
Na ja ...
... ein Rivale weniger, der ein Gott werden will ...
... vielleicht ist er gar nicht mal ...
... so ein schlech-ter Kerl.
Zzzzz
すー

Sie sind beide eingeschlafen.
»Sie sind alle hundemüde ...
... weil sie zu oft ihre Fähigkeiten benutzt haben.«
»Tut mir leid.
Du musst ja gar nicht deine Energie auftanken.«
...
Swwt
Na dann, ab ins Bett.

Splssh
パ
シャ
Splssh
パ
シャ
»Die Fähigkeiten verschlingen sehr viel Energie …
Aber hier muss man aufpassen, dass man seine Fähigkeiten gezielt einsetzt.«
Weil ich meine Fähigkeiten nicht einsetzen kann, bereite ich den anderen Probleme.

»Es reicht doch, wenn jeder das macht, was er kann.«
Zumindest das, was ich tun kann, will ich gut machen!
Dass der Nebel hier so stark ist …
… kann nur bedeuten, dass hier ein Fluss sein muss.
Wenn sie sich schon so über eine Gemüsesuppe freuen …
… würden sie bei einem Fisch wohl vor Freude in die Luft springen.

Fwwssssh
ザァァァ…
Hmm ...
Die Richtung müsste stimmen, oder?
キョロ キョロ
Such
Such
Beim Feuerholzsammeln gestern habe ich zwar keinen Fluss gesehen ...
... aber ich konnte Wasser hören.
Fwwsssssh
ザァァ…
Könnte es sein ...

Hmm …
Vielleicht muss ich durch das Gebüsch gehen.
Znk
Äh ?!

Wapp
ばっ
Dieses Gefühl ...
Znk
... ist wie damals ...
... als der Junge auf einmal verschwand.
Such
キョロキョロ
Such
Ich ...
... hab zwar nicht so ein ungutes Gefühl ...
... aber ...
Fwwssssh
ザァァァ…

Fwwsssh
Hä?!
Fwwsssh
Was ist das …?
Dieser Wasserfall war doch bis vor Kur…
Rutsch
… zeeeeem …

Fwwws
Uwaaah!
Sss
Argh!
Shaaaa
Au, au, aua ...
Aaaaaaaah?!
Wer ist da?

Fwwsss
shaa

Der
...

Mein Untergang an der Schule Gottes 1 – Ende

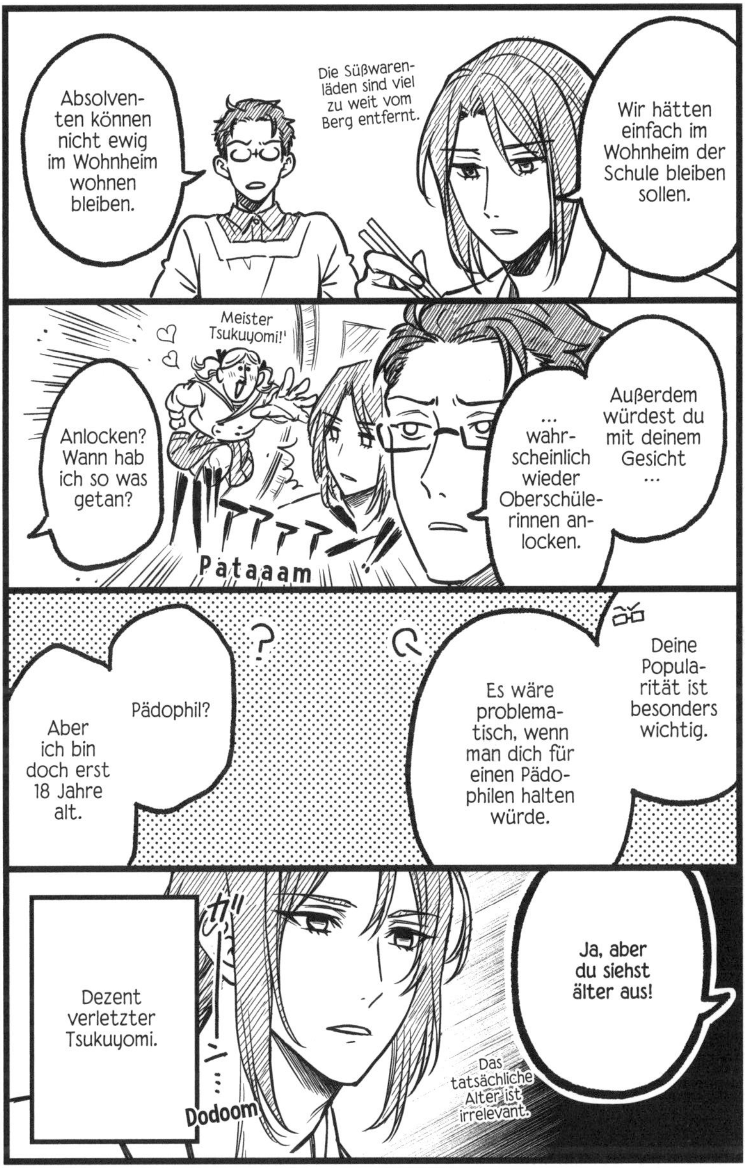
Wir hätten einfach im Wohnheim der Schule bleiben sollen.
Die Süßwarenläden sind viel zu weit vom Berg entfernt.
Absolventen können nicht ewig im Wohnheim wohnen bleiben.
Außerdem würdest du mit deinem Gesicht …
… wahrscheinlich wieder Oberschülerinnen anlocken.
Meister Tsukuyomi!'
Pataaam
Anlocken? Wann hab ich so was getan?
Deine Popularität ist besonders wichtig.
Es wäre problematisch, wenn man dich für einen Pädophilen halten würde.
Pädophil?
Aber ich bin doch erst 18 Jahre alt.
Ja, aber du siehst älter aus!
Das tatsächliche Alter ist irrelevant.
Dodoom
Dezent verletzter Tsukuyomi.

• Entmutigt •

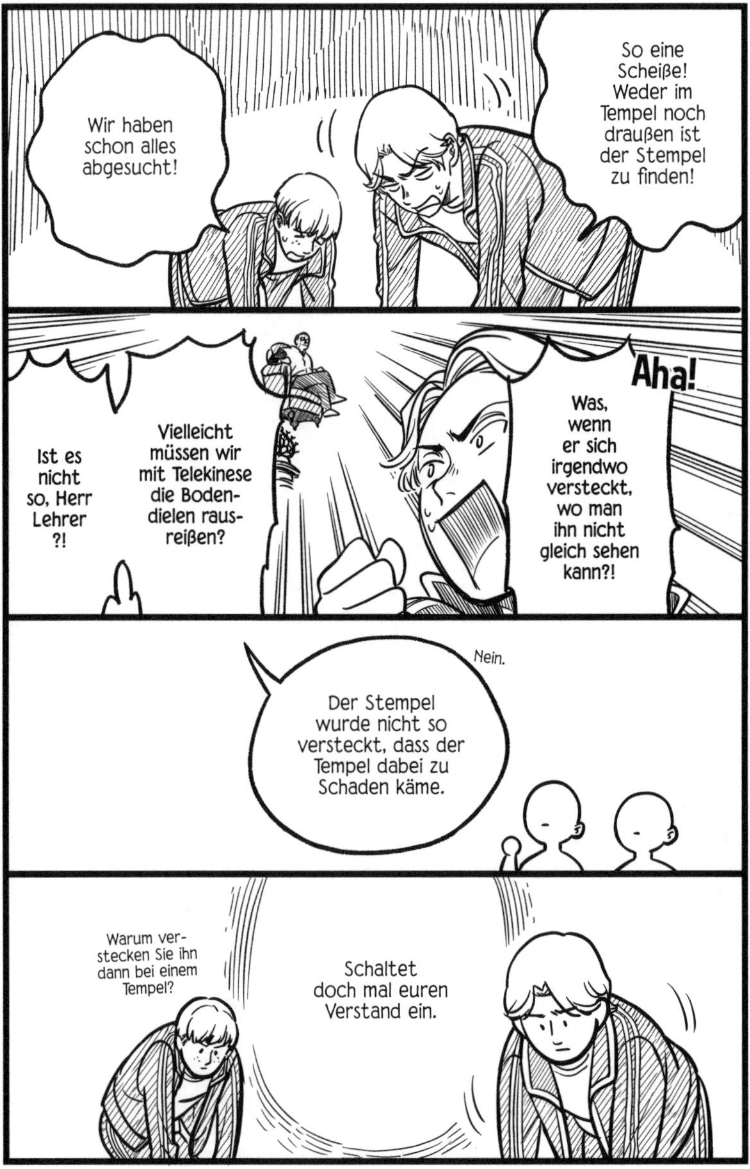
So eine Scheiße! Weder im Tempel noch draußen ist der Stempel zu finden!
Wir haben schon alles abgesucht!
Aha!
Was, wenn er sich irgendwo versteckt, wo man ihn nicht gleich sehen kann?!
Vielleicht müssen wir mit Telekinese die Boden-dielen raus-reißen?
Ist es nicht so, Herr Lehrer?!
Nein.
Der Stempel wurde nicht so versteckt, dass der Tempel dabei zu Schaden käme.
Schaltet doch mal euren Verstand ein.
Warum ver-stecken Sie ihn dann bei einem Tempel?

• Nicht vergessen: Unbedingt wegen der Bitterstoffe behandeln •

• Kochgeschirr und anderes gab es bei der Erholungszone •

Bonuskapitel – Ende

Vielen herzlichen Dank, dass ihr den ersten Band von *Mein Untergang an der Schule Gottes* gekauft habt.
Dieser Manga ist eine Kooperation zwischen der Autorin Natsu Hyuuga und der Illustratorin Akagawara.
Im Gegensatz zum üblichen Verfahren findet bei diesem Werk bereits ab dem Skript eine enge Zusammenarbeit statt, was eher ungewöhnlich ist.
Wie bitte?! Der Manga und das Buch erscheinen zeitgleich?!
Japanische Mangaversion
Japanische Novelversion
Übrigens stammen die Illustrationen im Buch ebenfalls von mir.
Ich kann euch nur empfehlen, auch die Novel der verehrten Natsu Hyuuga zu lesen.*
Denn dort sind Szenen (bzw. Textpassagen) enthalten, die es im Manga nicht gibt.
!
?
Wenn das nicht aufregend klingt!
Es gibt sogar Stellen, die ich noch nicht aus dem Skript kenne!
Ich konnte noch vor euch allen das erste Buch lesen.
* Bisher leider nur in Japan erschienen.
Mit der Novel *Mein Untergang an der Schule Gottes* kann man noch tiefer in die Welt der verehrten Natsu Hyuuga eintauchen.

Fantasy 13 +

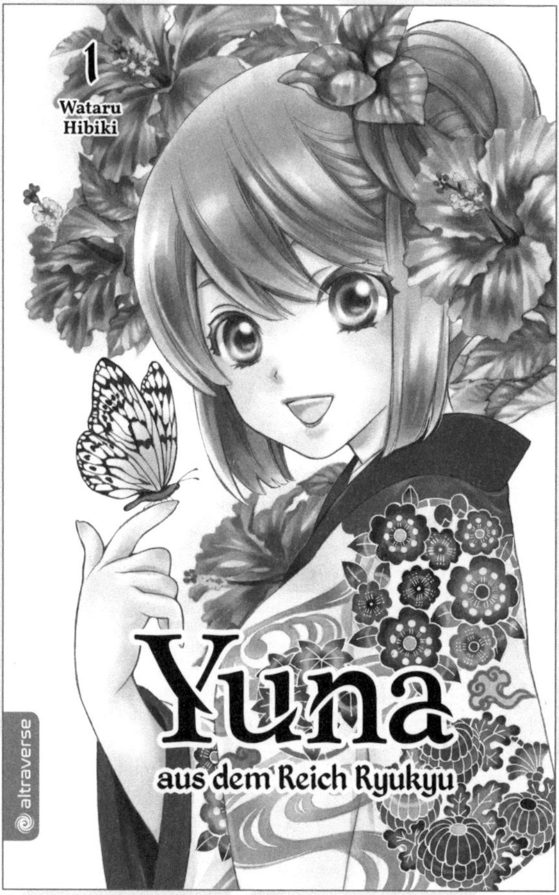

Yuna aus dem Reich Ryukyu

Wataru Hibiki

Mit ihren roten Haaren und wundersamen Kräften hat es Yuna nicht leicht. Von den Menschen als ein arglistiges Geistwesen verschrien, bleibt ihr oft nur die Gesellschaft ihrer Wächterlöwen Shi und Sa. Zumindest bis sie auf den jungen König von Ryukyu trifft ...

Die Braut des Dämons will gegessen werden

Keiko Sakano

Als kleines Mädchen wurde Mashiro einst von einem Dämon gerettet. Zum Dank will sie sich opfern und zu gegebener Zeit von ihm essen lassen. Als Doji Shuten Mashiro schließlich zu seiner Braut nimmt, wartet sie sehnsüchtig darauf, von ihm verspeist zu werden. Doch der gut aussehende Dämon hat ganz andere Pläne. Kann aus ihnen ein richtiges Ehepaar werden? In einem Alltag voller kurioser Missverständnisse nähern sich die beiden langsam an …

Mein Freund, der Hexer

Asato Shima

Towas Sandkastenfreund Yo ist ein Hexer. Wenn er sie berührt, geschehen zauberhafte Dinge. Doch kann er auch ihr Herz verzaubern? Diese und drei weitere Kurzgeschichten aus der Feder von Asato Shima sind in diesem Band versammelt.

Romance 13+

Der Hexer und ich

Asato Shima

Der neue Schüler, der neben Nagi sitzt, hat ein großes Geheimnis: Er ist eine männliche Hexe, eine echte Seltenheit. Und damit nicht genug: Wenn er sich einem Mädchen nähert, hat er keine Kontrolle mehr über seine Kräfte. Ist er etwa allergisch gegen Mädchen?

Fantasy 13+

Colette beschließt zu sterben

Alto Yukimaru

Colette ist Ärztin, genauer gesagt die einzige Ärztin ihrer Stadt, und deshalb Tag und Nacht im Einsatz. Irgendwann ist sie so mit den Nerven am Ende, dass sie beschließt zu sterben! Aber so richtig will ihr das nicht gelingen. Stattdessen findet sie sich quicklebendig in der Unterwelt wieder, wo schon der nächste Patient auf sie wartet: der Herrscher über den Höllenkerker Hades!

Fantasy 13 +

Die Legende von Azfareo

Shiki Chitose

Im Schloss des Königreichs Azfareo haust ein fürchterlicher Drache. Rukul wird auserwählt, ihm zu dienen. Das aufbrausende Temperament der Bestie verschreckt sie zunächst, doch sie bemerkt schnell, dass sich hinter seiner rauen Schale eine sanfte Seele verbirgt. Jedoch rankt sich um den Drachen und den verschwundenen König noch ein großes Geheimnis ...

Fantasy 13 +

Dienerin des verfluchten Kindes

Yuki Shibamiya

Die junge Renée ist unsterblich. Was andere erstrebenswert finden würden, ist für das Mädchen zu einem Fluch geworden, der sie regelmäßig die Arbeitsstelle kostet. Aber das Schicksal meint es gut mit ihr und sie wird als Dienerin des einsamen Kronprinzen Albert angeheuert. Doch auch der ist mit einem Fluch belegt: Alles, was er anfasst, ist dem Tode geweiht. Ob sie ihr neues Leben gemeinsam meistern können?

Fantasy 13+

Prinz Freya

Keiko Ishihara

Das Land Tyr ist in großer Gefahr! Die ganze Hoffnung der Menschen ruht auf dem Prinzen, der sich dem feindlichen Nachbarland mutig entgegenstellt. Als er überraschend stirbt, nimmt die junge Freya, die dem Prinzen zum Verwechseln ähnlich sieht, heimlich seinen Platz ein. Zum Wohle des Landes muss sie über sich hinauswachsen. Von nun an ist ihr Leben ein einziges großes Abenteuer!

altraverse

Deutsche Ausgabe / German Edition
Altraverse GmbH – Hamburg 2022
Aus dem Japanischen von Victoria Zach

Redaktion: Ulrike Gatzke
Herstellung: Cathrin Hamester
Lettering: Vibrant Publishing Studio

Druck: CPI books GmbH, Leck
Printed in Germany

MIX
Papier
FSC FSC® C083411

ISBN 978-3-7539-0782-6
1. Auflage 2022

www.altraverse.de